鸣

黎旸 著

上海三联书店

柳鸣

写给你 夜的诗人 你是我 明亮的星

（引文）

昨日月下待听筝
筝音未起无限恨
恨不当初把情诀
诀别无期泣无声
……

我到现在都记得06年第一次读到这首诗歌时的惊喜
这是我第一次读他的诗
我因为这首诗歌结识他
那时我们素未谋面
仅仅是他写诗
我读诗
奇文共欣赏疑义相与析
我喜欢他的诗
他的诗初读绮丽再读磅礴
他的诗一读情深重读意切
他的诗好似自带乐谱
每个字皆可是诗眼亦是律动的音符摄人心魄

他的诗神秘
耐人寻味
是诗人的诗
亦是读者心中的曲
他的诗灵动
一气呵成
是诗者之感
亦是观者萌生之情
古有香山居士琵琶行
江州司马青衫湿
今有夜的诗人挥笔倾情
红袖添香感同身受

渐渐他的诗我可以朗朗上口百读不厌
后来他告诉我说他写完诗总是第一个发给我
我有点受宠若惊有点小欣喜
再后来我读到的不仅仅是他的诗
更想读懂诗中的他
再再后来……
我和他因诗结缘
吟诗生爱
他笔下的诗让我走进他的纯净世界
他牵我的手让我感受到生活的诗性
爱与诗歌
感谢你给予了我这世上最美好的两件东西

柳 青

目 录

辰

怃

荧

叆

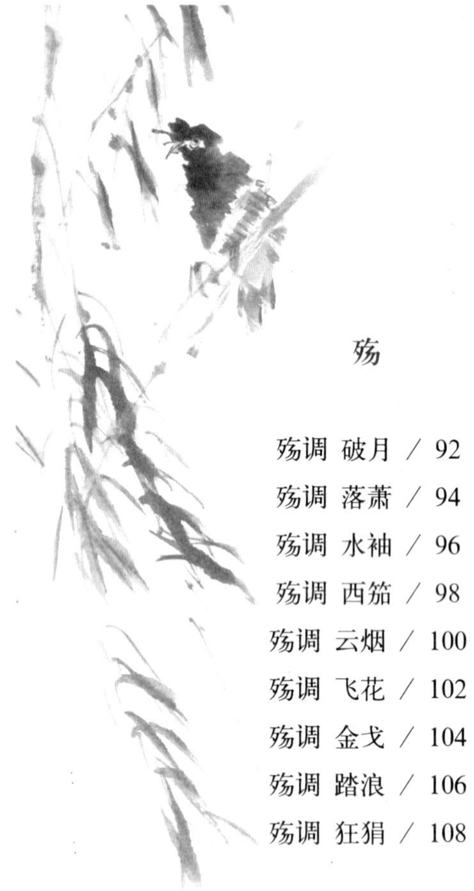

殇

倾

柳鸣

辰

生而为龙，日升名昼

故事，就应该这样漫不经心地开头

梦碎卢旺达

诗会在风中憔悴
梦像流水
不停地随她倾醉
卢旺达的枪炮振聋发聩
于是终结浪漫
它 死在十七岁
柔弱 诗人的悲
我看 体会

卢旺达的风在吹

仍不止疲惫

卢旺达的梦残碎

是伤痕累累

笔下的硝烟与玫瑰

哪有生命可贵
诗在哭 不语
沉默在伤悲
把诗揉碎
放在风里 向着卢旺达飞

英雄吟

风动鸣 水无形
问心如何自在行
表决音 泪晶莹
伤心不若拿酒饮
冷如冰 诉苦心
为何总是抚不平
谁来听 谁来听

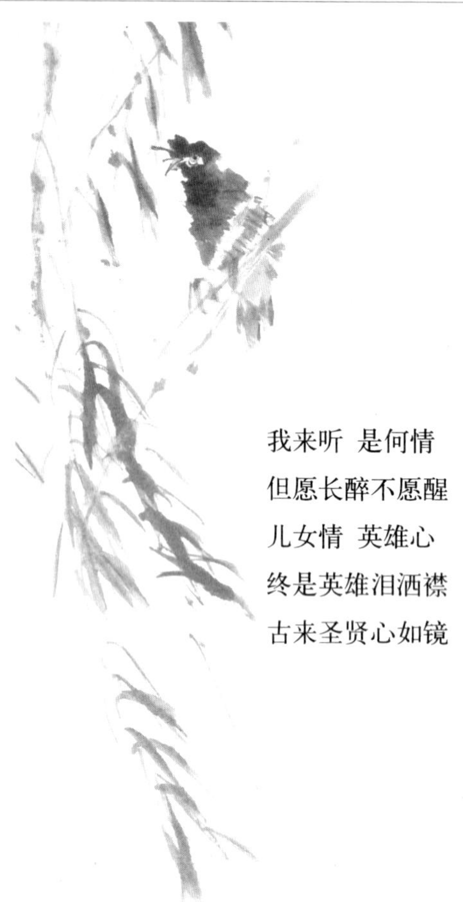

我来听 是何情
但愿长醉不愿醒
儿女情 英雄心
终是英雄泪洒襟
古来圣贤心如镜

不识歌者笔下金
自古英雄万世名
千秋歌颂 百姓憧憬
而今前程似锦
更添冷冷清清

晚风

夜很深 梦愈沉
却看到了在哭泣的风
她不具备停留的本能
被驱赶着在世间飞腾
这样怎能爱她的爱人
她的动作又是这么笨
你听那哀叹的沙沙声
疾驰而过的衣角把脸抚的生疼

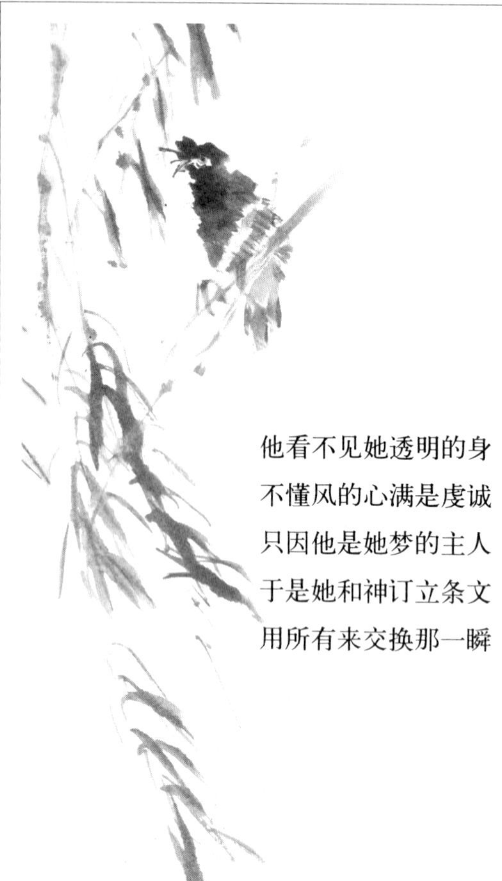

他看不见她透明的身
不懂风的心满是虔诚
只因他是她梦的主人
于是她和神订立条文
用所有来交换那一瞬

终于能终于能终于能
紧紧拥抱她的爱人
可他只留彻骨寒冷
裹紧了风衣　向前飞奔

随吟

生平只为两行泪
半为苍生半美人
昨日已为天下累
今夜又叹痴心碎
吴刚尚睹嫦娥归
我思却驻玉琼杯

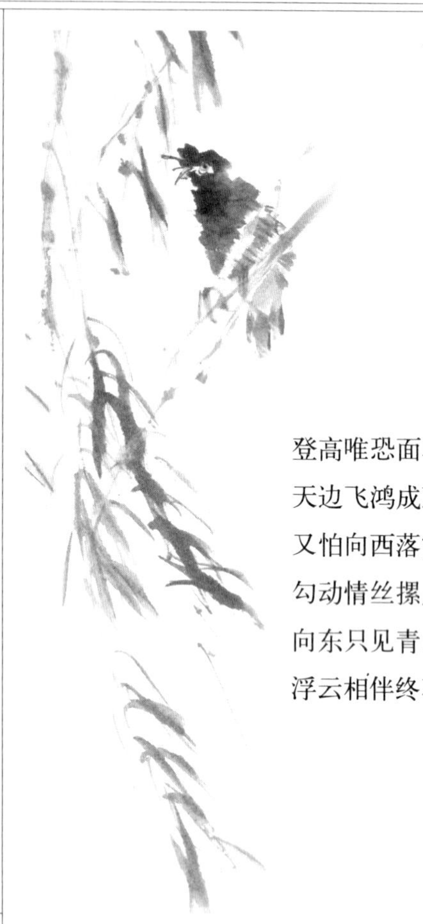

登高唯恐面朝北
天边飞鸿成双对
又怕向西落霞醉
勾动情丝摞成堆
向东只见青山翠
浮云相伴终不悔

南边乍起数声雷
惊醒不觉泪如溃
窗边迷蝶化梦菲
孤影独孓相与随
愁绪寒枷锁攀眉
今夜又是万难寐

咖啡馆中的随想

咖啡馆的落地窗
满是灯光
在烟与雾中彷徨
曼特宁正挥洒着醇香
牛奶 方糖
苦涩中的异样
迷醉的忧伤
斯特劳斯的钢琴在悲怆
无言中绽放
咖啡滚烫
心 开始冰凉

伊人

梦中境 镜中花
花开花落竞潇洒
台前树 竖枝桠
枯木残枝舒新芽
千百度去寻她
夜半钟声惊床榻
猛清醒 是浮华
花开花落 枯树又芽
只可惜 为了她 十年秋霜一朝洒

蒹葭续

自古多情相思最
才子风流 更为美人怡
蒹葭蒹葭 可晓吾思
白露白露 可通吾意
所谓伊人 万难分离

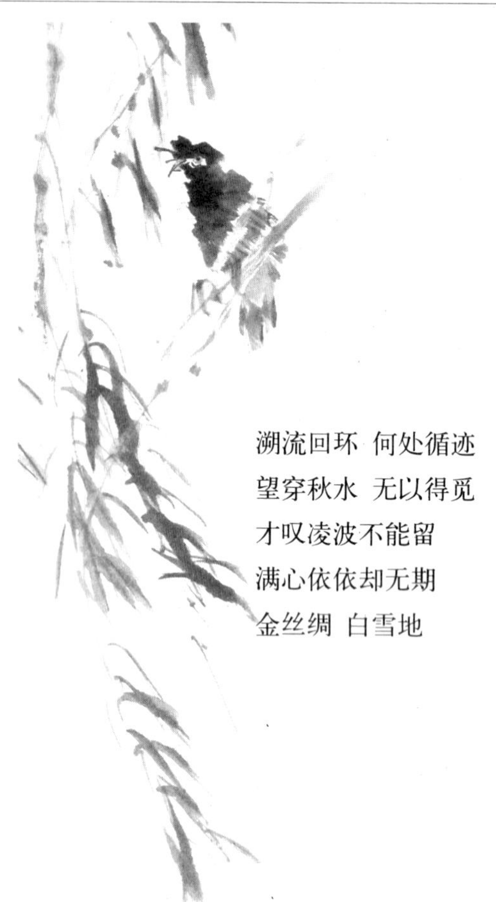

湖流回环 何处循迹
望穿秋水 无以得觅
才叹凌波不能留
满心依依却无期
金丝绸 白雪地

不遮春色满风衣
三寸莲 唇相依
芳香入目醉心脾
还看蒹葭生处 一片白雾迷迷

夜的诗人

我是属于夜的诗人
只在黑色的夜才去恋那星辰
关上灯 摸索黑暗的纯真
心被晨曦填塞得混沌
倦恋了浮沉 褪尽了缤纷
夜纵情着我的本色
她取名 叫做深沉

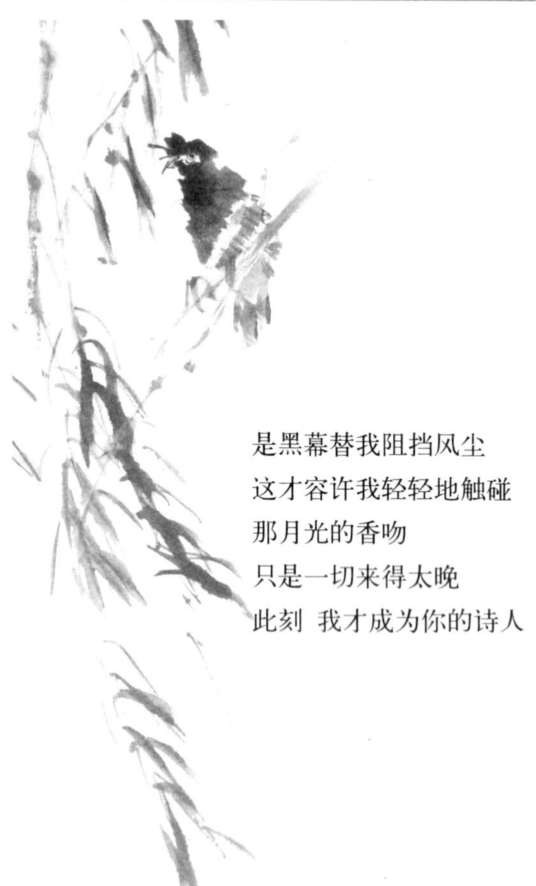

是黑幕替我阻挡风尘
这才容许我轻轻地触碰
那月光的香吻
只是一切来得太晚
此刻 我才成为你的诗人

无声的泪水
只因你亦或我的无能
终将被取代 被晨曦与陌生的人
既然如此
便往沉沉的黑夜中歌颂伤痕
是高尚的凭证
逝去的凄美的歌声
之后 夜尽头的晨
百花都缀满了我的泪痕

柳鸣

怃

唯有盛开，才能荒芜

唯有相遇，才能倾慕

唯有挥手，才能心无旁骛

殇调

——夜闻渔舟唱晚兴致而发

步旧月 点繁星
不知今夜谁弄吟
笔落长鸣
化作千般晶莹
玲珑幻梦境
人伶仃 难为情
抹抚捻挑 女儿吟

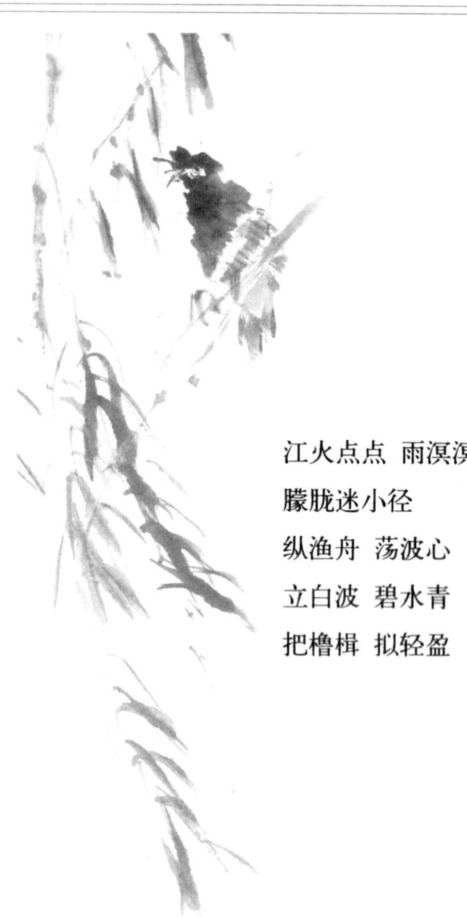

江火点点 雨溟溟

朦胧迷小径

纵渔舟 荡波心

立白波 碧水青

把橹楫 拟轻盈

慢歌一曲 容动九天星君
惜叹昨日音
莫向夜空寻芳影
泣血红罗绫

百合的游吟歌

送你最心爱的百合
取名风暴的淡金色
这优雅的纯洁
只因你而独特
以赛亚的赞歌
月光下的莱茵河
怎比得上这百合
高格 四射

百合 百合
就是百伤愈合
是谁的福泽
此刻 正降临你的身侧

殇调

提笔又罢多反复
杯酒入肚
泪痕犹不语
忆旧路
今朝不识归途

人环顾 想当初
佳人对镜晓妆梳
小楼窥睹
云影簇 星月浮
翩翩动丝竹

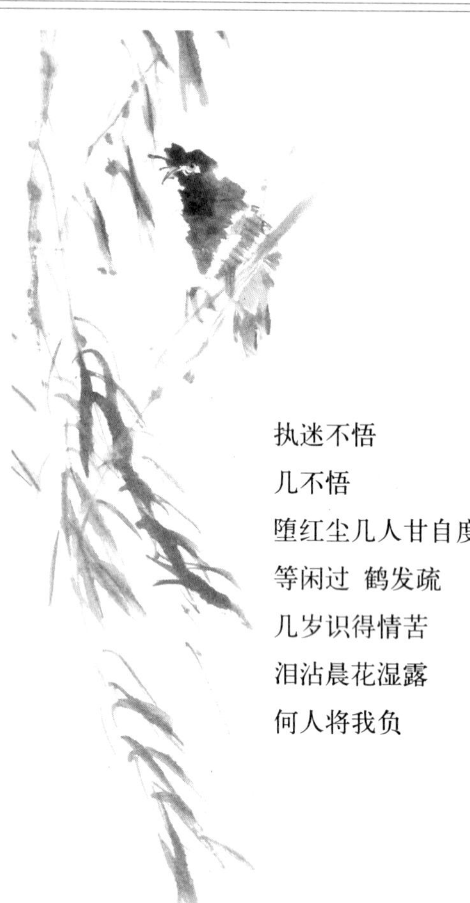

执迷不悟

几不悟

堕红尘几人甘自度

等闲过 鹤发疏

几岁识得情苦

泪沾晨花湿露

何人将我负

回首岸边 弄柳树
琴鼓 诗赋
凤舞 笑书
惹仙慕
长亭旧故
西下日暮
嗟叹 情洒空处
今生旦痴红酥

雨夜殇调

淅雨茫茫
朦胧窗
泪眼两相望
向何方
雨击愁肠
点点滴滴皆作伤
风割断肠
片片丝丝戮痴郎
又多几分苍桑
十年双鬓乌丝长
一朝凄苦 顿作两重霜

庭台楼上
月夜未央
想是多少思量
雨夜嘻嚷
独倚纱帐
心往何人傍
愿守小筑窗旁

而如今 把苦酿
阳关道上
唯匹马独骑天涯荡
只留痴心不往
何处过流芳

夜中小令

残影北风呼啸立
默默对窗儿
冷月欲泣
落百花顿作伤露滴
今夜梦归何地
辗转无眠 碌碌起
一时再提笔
落墨间 冰凝疾

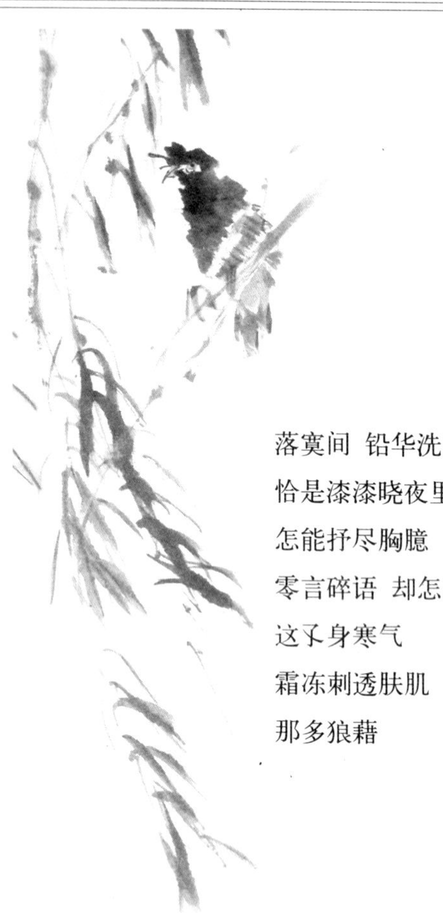

落寞间 铅华洗
恰是漆漆晓夜里
怎能抒尽胸臆
零言碎语 却怎及
这孓身寒气
霜冻刺透肤肌
那多狼藉

吊殇偶遇惨淡期
黄花地 晚风急
羞枯枝 繁星披
清夜寂 人无依
究是多少痴忆
情思堆积
戚戚殇满溢
问是何时比翼
向天齐

深宫怨

——对诗

霜扣铁环静将却
门庭漫雪了无烟
羞作枯枝终残月
情消爱陨一挥间

风逐华锦过雕栏
何人嘻哗金銮殿
夙愿化蝶穿花舞
飞廊魄绕怎归还

夜中随吟

梦中忽闻丝竹音
未辨已是泪满盈
披发倒履寻声处
唯见窗前孤月影
推开漫天追冰星
带忧放歌不忍听
却怕惊醒春梦里
怎肖与吾共伤情
强自拭泪座中吟
晚风过处纸笔鸣
珠化墨迹难再续
天公知晓痴儿心

无题续诗

冷竹幽篁 且近且伤
不见人 空思量
茜纱窗帐 依语心肠
忆当初 人断肠

渡口北望 秋水趟趟
怎能断 江心荡
鬓发渐苍 孤影吊殇
诗意昂 空作霜

孤寒

秋风愁尽枫叶暖
隆冬日光何耐寒
梧桐秋雨愁落尽
怎料冰雪沁孤单

凤栖梧

闭月何欲透孤楼
一度便走
凄冷何时休
借问明月几时留
莫叫空楼唱汉秋

凌波岂知莲子忧
复又东流
哪知容颜瘦
无奈莲子眉间皱
却看鸳鸯池中游

昨夜月下听筝

昨日月下待听筝
筝音未起无限恨
恨不当初把情诀
诀别无期泣无声
声起催动心中声
声飘小筑动煞人
人间何处有此筝
筝动寄意山海盟

盟约已逝人却存
存意残生酒入樽
樽中圆月笑更冷
冷月伤情更三分
分杯把盏独浇醉
醉中恰闻渔歌声
声猝惊醒南柯梦
梦中翩然人未省

省来目及唯一翁
翁笑才知无丝筝
筝寂人默夜渐深
深知仙乐情中生
生出一曲月下筝
筝人哪知此情诗
诗成滴泪化星辰
辰星下 我来歌诗你弹筝

左手的戒指

你右手的戒指
透露着残酷的事实
它是一个标志
你心有所属的标识
那些曾凄美的诗
那些曾绚烂的词
面对这小小的戒指
一文不值
我的手中只有笔
没有能给你的戒指
我的心里只有诗
却能给你真实
一切都恍如隔世

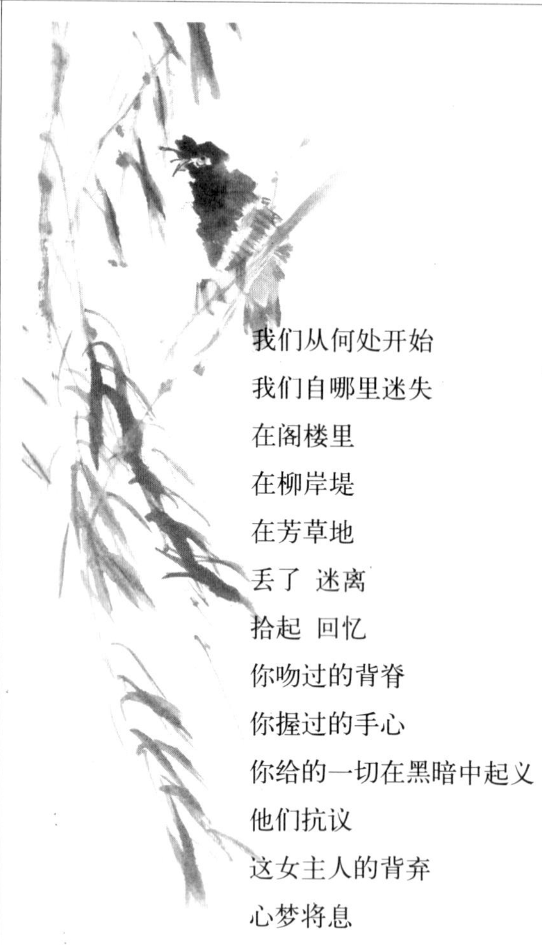

我们从何处开始
我们自哪里迷失
在阁楼里
在柳岸堤
在芳草地
丢了 迷离
拾起 回忆
你吻过的背脊
你握过的手心
你给的一切在黑暗中起义
他们抗议
这女主人的背弃
心梦将息

谁能将我拉起
于思念的淤泥
越陷越深的窒息
上帝走的太急
忘了把希望放在床底
却把沉痛的外衣
偷藏进衣橱里
与寂寞相依
那一整个光辉的夏季
是我和你
如今剩我独自
无力承受秋与冬季
只有我 再没有你

荧

错不及防

错节盘根

错认颜标

错彩镂金

人间最美的 是错过

寞

兰烬烛幽尤更寞
画屏黯影显萧索
雨打江山点点墨
及目黑霞漫天落
彤云随意银月堕
流水任情群峰漠
前生零落梦烟罗
问取青柳不肖说

夜雨随题

银风雨露夜色香
青灯明灭空自荡
落寞一曲影随舞
愿换红袖夜添香

减字殇调

千般风起忆星眸

囫囵分左右

多情咒 谁回头

旧是细水流

男儿酒 夜凉透

遍洒西楼

竟哽喉

北风夜雨寄思

北风冷笑声更幽
宿雨零落惊小楼
星霜不忍月掩泣
多情初春胜清秋

墨松

东风劲狂雪满身
春露秋雨换墨深
霞为衣兮雨为伴
直入天宫凌昆仑

墨松赞

墨梅留香十里远
花间独君戏霜寒
才子挥毫多颂赞
岂解墨梅羞自惭
远眺群峦墨迹染
一枝独立守穹天
苍劲虬髯身化剑
自是无人不汗颜
孤立峰顶浮名浅
不留香来静自安
若问何物最风骨
一身墨绿傲人间

残冬

莺歌嬉闹北风中
残霜皆向艳阳融
更舒三分春来意
道是好一片残冬

感怀

钩月携霜冷窗台
支星零落影徘徊
虽无片雪心更哀
不觉便是朱颜改
夜莺欲飞声更寒
似语还休空淤怀
羡煞鸟儿林间快
今生怎叫愁眉开
哀哉 爱哉
吾思尽皆拭泪埋
情更切怅连绵
只言片语怎堪载

柳鸣

瑷

千言万语，换不来这一声吧吧

二

翼翼
一意伊伊疑怡异
薏苡移
绎熠熠
依依仪奕奕
溢旖漪
毅易衣以抑宜
臆颐译叆叆
噫矣
遗忆屹

柳鸣

殇

独孤 可以生出九剑

孤独 可以酿出诗篇

是天下无双的剑

和永远说不出的歉

殇调 破月

凝沙黯疾回胧月
昏镜楼台旧簪结
离人还 青灯灭
殇难回 曲寰曳
谁谱世间秾艳色
琅环寒破夜
银丝乱舞唱清绝

殇调 落萧

今夜谁人念谢桥
晴川无边舞尧娆
风萧萧　雨潇潇
空长啸　枉逍遥
绿肥红瘦又今宵
横看春易老
独倚明月清影俏

殇调 水袖

楚客独归梦难留
殇行十里白品蘋洲
戮心剑 裂肠酒
零落红 舞水袖
情到深处何始休
谁上望江楼
回首几许古渡头

殇调 西笳

空山幽幽雨点霞
白溪过涧送萍花
水色无涯
梳妆罢 竹西佳
梦收千里如画
瀚海起悲笳
侧帽透檐风细沙

殇调 云烟

风逐残梦易水寒
孤魂长夜归慢慢
再扬鞭 金殿前
雨绵延 渺云烟
王孙贵胄只手颠
谁伫虬龙盘
一碧飞鸿惊银汉

殇调 飞花

疾风难回乍飞花
春日尽处燕归家
红山茶 金陵塔
坐晚霞 娇如画
秋水忘川空白发
渔樵有问答
零落半生只此刹

殇调 金戈

连天孤城烽火色
何惜七尺换血热
马踏冰河
阳关叠 无人和
刀剑梦中谁刻
张弓天狼射
百丈王旗舞金戈

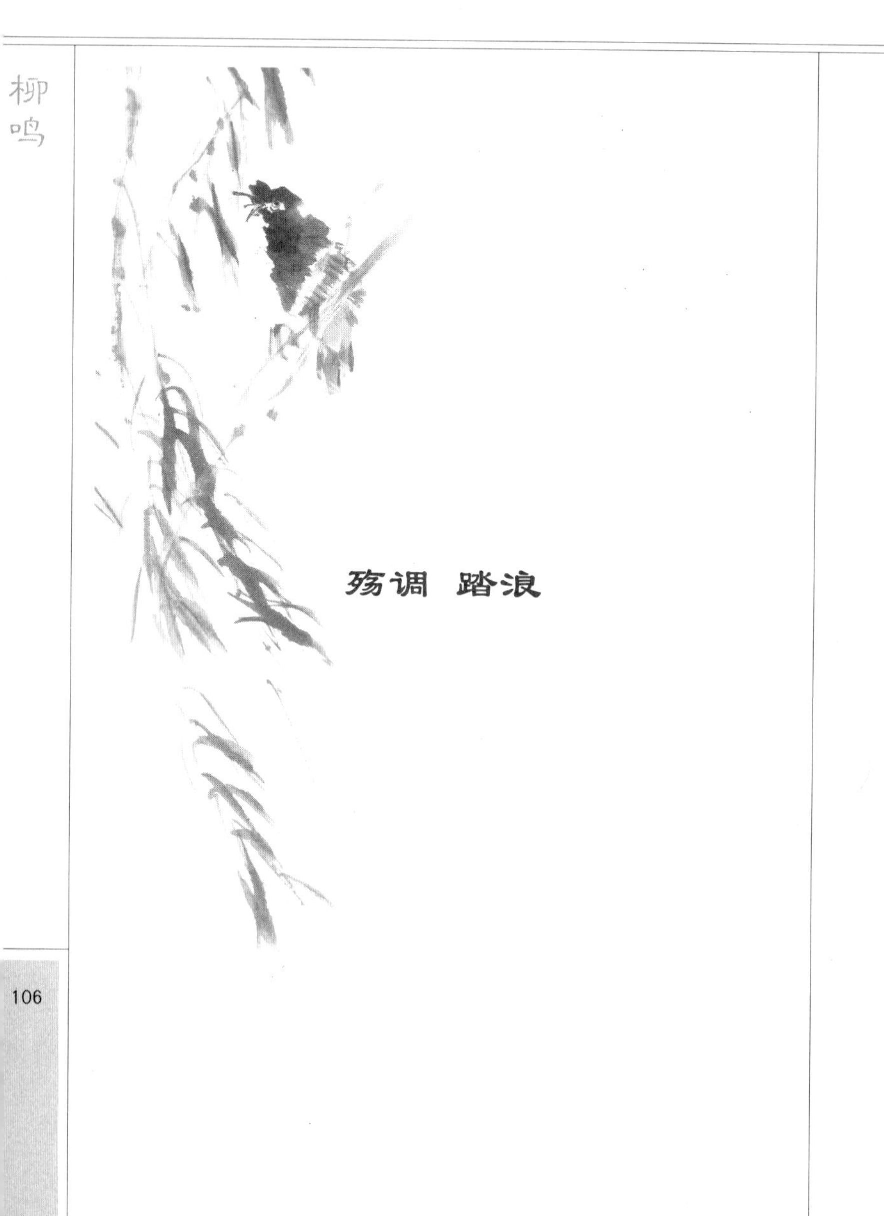

殇调 踏浪

酒醒梦留恨悠长
无根浮萍空踏浪
水一方 空回荡
两相忘 孟婆汤
不负人间璧一双
青柳空飞扬
谁问归期雨苍苍

殇调 狂狷

信马由缰几度闲
纵横驱驰玉堂前
临泰山 我为巅
悬赤胆 再追电
千古凌铄有豪言
问云雨谁翻
长襟吹乱再狂狷

柳鸣

倾

如果千言万语都不够

那用一生够不够

鼓手

给我最爱的splash

我曾梦想当一个鼓手
蛊惑心跳的节奏
一束镁光怎够
照亮沸腾的自由
握紧鼓槌的手
是耳膜不屈的颤抖
是山呼海啸的野兽
谁在渴求
谁在摇头

放任灵魂游走
抖擞
今朝独为你把酒
不醉怎休

采桑子 误中秋

雪瓣消香无情殒
锦雨西风 谁恋鸾凤
梦里寒箫落玉痕
乍雨飞琼一夜冬
莹魄朦朦 红书更冷
幽情浓处乱角徵

殇调 帘

千目不觉穷碧现
一夜胡笳尽款款
落霞起处凭谁晚
清浇疏影为君颜
舞翩翩 南山前
峰未淡 墨境染

青峰百丈澜
星汉短风毡
跃马长安
谁乱五十弦
空卷帘

焰

赠 Das sound machine 的完美表演

谁在俯瞰
满目赤焰
谁在强辩
遍地硝烟
谁在燎原
降下红莲

燃尽的火炎
是神的行辇
游走人间
一眨眼
就让平静永眠

后叙

初看《卢旺达饭店》，胸中忽升抑郁之气，不吐不快。夜色正深，书桌前却一直亮着于是早上起床，我的第一份手稿就这样摆在书桌前，八年来它一直躺在那里，陪伴了我所有的黎明。现在想来，诗歌从来不是我人生的标注却慢慢成为了一个符号。初时觉得它是个惊叹号，与不甘平庸的我相辅相成。求索时它成为了省略号，是当我在《词综》里读到先人早有殇调的构思时，顿生的高山仰止之念。而今它是分号，分隔了我人生的不同阶段，为最后的那个句号打下了第一个奠基。

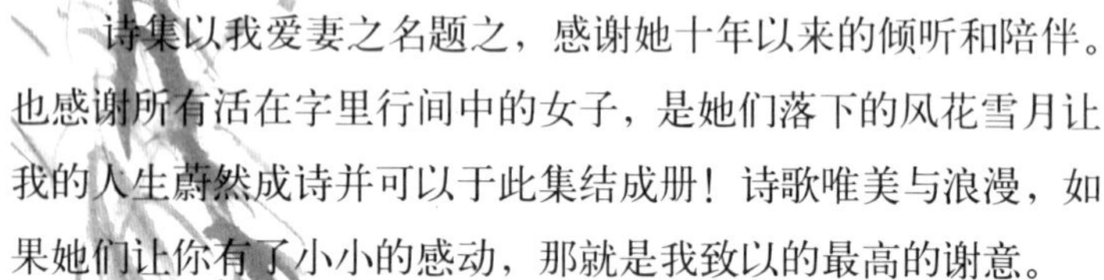

诗集以我爱妻之名题之，感谢她十年以来的倾听和陪伴。也感谢所有活在字里行间中的女子，是她们落下的风花雪月让我的人生蔚然成诗并可以于此集结成册！诗歌唯美与浪漫，如果她们让你有了小小的感动，那就是我致以的最高的谢意。

写诗其实是个痛苦的过程，我有十分伤心才能凝练成一分心血滑落你的眼角。写诗也是个快意的过程，我有一分壮志便可在山林间回荡起万丈雄心。诗间有美人，诗间有正气，诗间有风月，诗间有古今。诗是歌是曲是画是诗是你更是我。

图书在版编目（CIP）数据

柳鸣/黎旸著.－上海：上海三联书店，2015
ISBN 978－7－5426－5335－2
Ⅰ.①柳… Ⅱ.①黎… Ⅲ.①诗集－中国－当代 Ⅳ.①I227
中国版本图书馆CIP数据核字（2015）第221597号

柳 鸣

著　　者/黎　旸

责任编辑/钱震华
装帧设计/鲁继德

出版发行/上海三联书店
（201199）中国上海市都市路4855号
http://www.sjpc1932.com
E－mail:shsanlian@yahoo.com.cn
印　　刷/江苏常熟人民印刷有限公司

版　　次/2015年10月第1版
印　　次/2015年10月第1次印刷
开　　本/787×1092　1/32
字　　数/50千字
印　　张/4.25
书　　号/ISBN978－7－5426－5335－2/I·1069
定　　价/35.00元